Cerditos

Lada Josefa Kratky

NATIONAL
GEOGRAPHIC
LEARNING | CENGAGE
Learning

Los cerditos pueden nacer hasta doce a la vez. Cuando nacen, son todos iguales. Dicen que la mamá les "canta" a sus bebés.

Los cerditos son muy inteligentes. A los catorce o quince días, ya saben cómo se llaman. ¡Es cierto!

A las doce semanas, ya no toman leche. Les apetece el maíz, pero no son golosos. Comen despacito. Cuando se llenan la panza, no comen más.

A los cerditos les gusta nadar. Les gusta el lodo, pero les gusta más el agua. Se untan el lomo con lodo para no quemarse al sol.

Los cerditos tienen ojos chicos y no ven muy bien. Pero tienen un hocico que les dice dónde hallar cositas ricas para comer.

Un cerdito es una buena mascota, igual que un perro. Es listo y obedece. También, igual que un perro, conoce el camino para volver a casa.

Los cerditos se acercan unos a otros para dormir. Les gusta estar cara a cara, u hocico a hocico. ¡Es cierto!